francisco mallmann

é artista e pesquisador interdisciplinar. Atua na intersecção entre poesia, dramaturgia, artes visuais, performance e crítica de arte. Estudou Jornalismo (PUC-PR) e Artes Cênicas (FAP) e é mestre em Filosofia (PUC-PR). Publicou *haverá festa com o que restar* (Urutau, 2018, 3º lugar na categoria Poesia do Prêmio da Biblioteca Nacional, finalista do Prêmio Rio de Literatura e do Prêmio Mix Literário) e *língua pele áspera* (7Letras, 2019).

Foto por Laura Nicolli.

AMÉRICA

francisco mallmann

editora Urutau
primeira edição
2020

O —

editora Urutau

rua adolpho arruda, 41
jardim das laranjeiras 12910 455
bragança paulista-sp
brasil

[+55] 11 94859 24 26

contato@editoraurutau.com.br
www.editoraurutau.com.br

[editores]
tiago fabris rendelli & wladimir vaz
[revisão]
diogo da costa rufatto
[diagramação]
victor prado
[capa]
wladimir vaz

Dados Internacionais de Catalogação
na Publicação (cip) — Odilio Hilario Moreira Junior CRB-8/9949

M254a mallmann, francisco
américa / francisco mallmann. — bragança paulista, sp: urutau,
2020. 66 p.; 14cm x 19,5cm.

ISBN • 978-65-87076-17-1

1. Literatura brasileira . 2. Poesia. 3. Teatro I. Título.

cdd 869.1
2020-953 cdU 821.134.3(81)-1

sumário

[prefácio]

por Julia Raiz

AMÉRICA,

quando éramos crianças trocávamos cadernos e escrevíamos acrósticos sem saber que era esse o nome do que fazíamos, mas fazíamos, e cada letra era uma declaração de amor ou uma mina por onde descíamos em direção ao escuro dos nossos carinhos. depois da palavra acróstico aprendemos o que era anagrama. crescemos mais um pouco e descobrimos o anagrama mais repetido da literatura por estas bandas: Iracema. já tínhamos, a tempo, aprendido o seu nome, AMÉRICA,

(já sabíamos que era o nome dado a este continente onde calhou de a gente nascer, um continente novo, nos disseram, o "mundo novo", e desconfiávamos disso mesmo não sabendo por quê, olhávamos para a cara de nossas mães e pensávamos: não é possível, não é possível que isso tenha sido feito da noite pro dia, e o eco de uma de nós ecoava do fundo da mina: *antes antes muy antes muy muy antes antes antes aún antes aún muy antes antes antes muy antes*. mesmo que às vezes não quiséssemos escutar, tínhamos momentos de vergonha dessas vozes e de nossas mães por serem assim, é verdade, existia um descompasso entre suas feições, chamadas de incivilizadas e novas, e uma dor que parecia muito antiga. nos ensinaram a palavra continente e nos ensinaram o seu nome, AMÉRICA, mas poderia ser Austrália, pelo que nos importava, ou poderíamos ter nascido no norte se invertêssemos os mapas pendurados na parede da escola. a voz do fundo escuro repetia: *minhas armas são de outra geografia.* e falávamos português! então era uma confusão que quem não diz não sabe. por que não brasileiro?, nos perguntávamos. apesar de não sabermos quem era o povo brasileiro. éramos nós tão diferentes entre si com nossas disputas internas? eram as pessoas que apareciam no telecurso 2000 em forma de multidões pelo calçadão? eram os que vendiam ouro com um cartaz no pescoço ou aquelas que compravam presentes de última hora na véspera de natal? nos disseram: AMÉRICA é o teu chão, e que éramos americanas, mas nisso também não podíamos acreditar totalmente porque tínhamos visto que os americanos eram cowboys e nós não tínhamos cordas, estávamos mais para cavalos mestiços, pangarés, éguas e jegues. não podíamos ser nós também americanas)

do seu nome, AMÉRICA, Iracema era o anagrama oficial. Iracema, a virgem dos lábios de mel. podíamos chorar pensando nisto, como não queríamos ser a Virgem, e parecia uma maldição ter lábios tão doces com tão pouco veneno. mal sabíamos, ainda estamos aprendendo, nosso veneno é de ponta de lança, é um da melhor qualidade. depois, quem pôde de nós seguir aprendendo o anagrama oficial, descobriu que o responsável pelo seu nome invertido era josé de alencar. e gritaram, de cima dos tablados, "é grande escritor do nacionalismo brasileeeeeiro", "um grande homem escritooooor", um grande, ouvíamos de longe. um grande escroto, escrevemos nas anotações por nós mesmas, um que acreditava na assimilação, na amálgama natural, no embranquecimento como processo social natural ao "mundo novo", este imberbe, incivilizado. fomos mais espertas, fomos juntando anotações de outra multidão de pessoas que vão muito além do que podia Iracema ou qualquer outra fórmula que nos gritaram de longe. essa multidão não fala só português, é versada em tantas outras línguas envenenadas e não joga na mesma lógica daqueles que querem ver a gente de joelhos, implorando: por favor, nos salvem de nós mesmos! não podemos, não somos capazes, levem a água e façam melhor proveito, levem o petróleo e façam melhor proveito, levem até os cérebros (dessas pessoas brancas capazes), nós somos meio sujas, meio burros, algo deu muito errado lá atrás e não somos eficazes o bastante, temos nosso jeito e é um jeito menor! não! a multidão que conhecemos se recusa! apesar que com você, AMÉRICA-feita Iracema, infelizmente aprendemos muita coisa e também somos sugadoras, também somos cruéis às costas de outras, também somos reizinhos apegadas aos troninhos teóricos: *mãos torturadas também podem torturar.*

pero estamos aqui comprometidas a desaprender os anagramas oficiais. uma de nós, de nome chico, se levanta e dá de costas e também se recusa. nos caderninhos cheios de acrósticos evitávamos, quando chegávamos à letra M, escrever "marica" ou "mulherzinha", suspeitando da proximidade dessas palavras. é no cruzamento de duas palavras que nos ensinaram ofensivas que está o corpo da chico. tinham nos contado de você, AMÉRICA, e tinham dito que se debater violentamente era ofensa, ter uma voz que subia e descia era uma ofensa, até ficar ali parada no meio do espaço falando o que pensávamos era uma ofensa. então ficaremos, torcendo seu nome, formulando outros anagramas como fez uma de nós, chico, que costurou em você o ÉMarica, um anagrama mais perto do que sonhamos. ÉMarica reinventa nossas brincadeiras graves de papel porque só na arte as pessoas adultas podem brincar e ao mesmo tempo inaugurar atentados: toda saída é uma entrada. a cada novo anagrama um novo rearranjo, uma nova *re*leitura, um aparato novo de orelha, língua, olho, estômago, bunda, porque estamos com os pés neste chão e também temos nossa tecnologia à ponta dos dedos: de volta para o futuro, nos ensinam nossas mães. AMÉRICA, isto aqui *não é declaração de amor, é declaração de guerra*, guerra como autodefesa coletiva então que engulam os remorsos quem ousou atirar primeiro.

UMA DE NÓS, CHICO, ANUNCIOU DO FUNDO ESCURO:

TU NOS DEVES UMA HISTÓRIA, AMÉRICA e não temos medo da ruína porque fomos nós que construímos tudo o que você vê a sua volta.

AMÉRICA

uma releitura dramática

este texto foi criado em *voz alta*
para ser lido em *voz alta*
para ser impresso *em voz alta*
para ser publicado *em voz alta*
para ser partilhado *em voz alta*
para ser silenciado *em voz alta*
para ser esquecido *em voz alta*

porque me quedé toda estropeada
porque me encontré absolutamente quebrada tonta
porque todos mis pedazos estaban esparcidos
por una calzada de una ciudad que no
me pertenecía nunca me perteneció
porque él lo que era mío era antes
antes antes muy antes muy muy antes
antes antes aún antes aún muy antes
antes antes muy antes

esto no es una declaración de amor
es una declaración de guerra
de una guerra no declarada por mí
de una guerra que ya estaba cuando llegué

me vi y estaba yo dentro de una guerra no declarada por mí y
porque tierra para mi es otra cosa una cosa muy distinta
y porque esta guerra es antes un sin fin de batallas
contra ustedes y contra las imágenes que tienen de mi
esta guerra también es contra mi propia imagen
cuando me acerco de la ficción sobre la pureza que
están presentando sistemáticamente a mí

una marica en guerra

no quiero y no seré lo que
ustedes quieren que yo seya
soy una mancha
una mancha sangrienta y enorme
una mancha que se esparce por tu camino
esta sangre va a ser imposible de limpiar
esta sangre está en su historia en su arte en sus manos

mi sangre es tuya
américa

una soledad transatlántica, SAUDADE. el mar, la cosa toda incendiada por debajo del agua. NÃO NÃO NÃO BRANCO. escoria de continente. podre, muy podrido. SOBRE O SILÊNCIO DA TRIBO. sobre un suelo tan vasto como herida – un pecho ardiente en dolor. PUNHO EM CHAMA, también, en llama viva, llaga, piedra-pies, PAÇO, DANÇA, una mirada de otro orden. mi cara bicho del bosque, mi cara, BICHA DO MAR, una ofrenda entera retornada, regurgitada. la grieta en un mapa trazado en una lanza que no la mía. MINHAS ARMAS SÃO DE OUTRA GEOGRAFIA – CARTA DO SUL del culo del mundo. yo hablo, yo hablo también de aquí. también oigo la voz – yo también sé, yo voy – yo. no hay salida, NÃO, SAÍDA NÃO HÁ – un caminando, un haciendo, un ir. el suelo que te dije, canción, de mucho antes, mucho tiempo otro, otra cicatriz, la misma, aún, el rasgo igual, misma abertura de poro pulmón pecho, misma carne aún MISCIGENADA, cosa otra, muchos años de eso yo yo llegaba, así, la foto, rescate, pero hace cuánto tiempo, en qué barrio congregación, qué lugar asentamiento, niño, yo llegaba, el puerto, la otra, ELA MULHER, mujer desde antes, de siempre, aún tercera vía, una colonia una colonia una colonia una colonia una colonia perfúmate perfúmate ....
....
....
....

quando você imagina as mãos de um homem desconhecido
você inevitavelmente pensa em mãos que já conhece
ainda que não tenha certeza de quem sejam
são mãos que ficaram no interior de uma imagem
de homem que parece
desconhecido

quando te pedem para imaginar as mãos de um homem
desconhecido
é preciso saber que talvez você encontre
suas próprias mãos
misturadas a essa imagem vermelho-breu
e você logo saberá quais
são as suas porque
elas não são iguais às
mãos de um homem desconhecido
elas são as suas mãos

essas mãos têm um pai
essas mãos têm um pai
um pau essas mãos
um pau
com quantos paus uma canoa?
quantos paus para se pôr na mesa?
quem vai chutar o pau da barraca?
quem vai me dizer que é pau pra toda obra?
quem vai dar com o pau?
quem endireita o pau que nasceu torto?
quem vai mostrar o pau, depois de morta a cobra?
quem vai ostentar seu espeto de pau?
quem vai exibir a cara, que é de pau?
quem vai evocar algum santo do pau oco?
quem vai ficar pau a pau?
quem vai descer o pau?
quem vai me pôr em um pau de arara?

quando as mãos de um homem desconhecido
se aproximam e você não tem tempo
de olhar e registrar em detalhes
as mãos de um homem desconhecido
é preciso não preencher as fendas da
imagem com suas
próprias mãos só porque são
as mãos mais próximas que você
conhece

                              de dentro da vermelhidão é preciso
separar as carnes e jamais
confundi-las

em qual língua o meu choro
em qual língua o meu grito
em qual língua o meu nome

a minha língua qual língua
qual língua a minha mãe
qual língua era essa que agora não sei dizer
em qual língua minha língua saberia se dizer
na língua morta quem morreu

quando as mãos de um homem desconhecido
te rasgam a pele
é preciso não se perguntar
onde estão as suas mãos
o que fizeram para impedir
se prestam para alguma coisa
diante das mãos
de um homem desconhecido
como usá-las para permanecer vivo

se mãos torturadas
também podem torturar
a pergunta foi
se mãos torturadas
também podem torturar
a pergunta foi
se mãos que torturam
aprendem a falar
tortura antes ou
depois de usar as mãos

quando as mãos de um homem desconhecido
te tocam é preciso não intuir que
as suas próprias mãos sabem como se mover
é preciso não responder pelas mãos
de um homem desconhecido
não achar que
as mãos te ferem porque as suas não
sabem ferir
não achar que fosse também você um matador
haveria menos sangue
neste chão

o homem veio até mim
o homem veio até mim
o homem veio até mim
eu não fui até o homem
eu não fui até o homem
eu não fui até o homem
o atlântico em caminho de retorno
o atlântico em caminho de retorno
o atlântico em caminho de retorno

qual guerreiro histórico
escritor brilhante
que filosofia
mitologia

na fronteira do fundo do
mundo
do fim de tudo
em qual cartografia
cosmologia
categoria cabe
o meu corpo

ancestralidade de mim
construção de mim
mim em mim
mim de mim
mim pra mim
nós nós nós nós
e mim

quando você imagina as mãos de um homem
desconhecido é preciso esforçar-se para
não desejar que suas mãos se pareçam com as
dele
que suas mãos também sejam
rápidas e violentas aos golpes
de um homem desconhecido
é preciso saber que são mãos muito diferentes
reforçar que estas são as suas e aquelas
são as dele e vocês se dedicam a diferentes
gestos
que os exercícios são de ordens infinitamente
diversas
produzindo naturezas opostas

e o que eu sou quem é que vai
responder
e o que eu sou quem é que ousa
dizer
o nome que se dá
qual o nome que se dá
você vai ter que provar
a mim
vai ter que me provar
o que eu sou

as mãos que lavam mãos
entregam em mãos
são boas mãos
em boas mãos você
está
em mãos reunidas
eles reunidos
daqui eu não passo
morri na contramão
atrapalhando o trópico
câncer de capricórnio

quando te pedem para imaginar as mãos de um
homem desconhecido e um homem desconhecido
já te rasgou a pele
é preciso imaginá-las
sem que as suas mãos adentrem a imagem
sem que as suas mãos façam parte da imagem
de um homem desconhecido
mesmo que por alusão
comparação ou
proximidade

a ficção da imagem neutra não existe
para quem nunca pode interpretá-la
e um homem desconhecido
seguirá aquele homem
de mãos sanguinolentas

que mãos podem fazer
desaparecer um corpo
não existe corpo
desaparecido
e existe
e existem
corpos desaparecidos
américa

quando você imagina as mãos de um homem desconhecido
é preciso se manter desembaraçado
das mãos de um homem desconhecido
é preciso dizer
estas são as minhas mãos e elas não mataram
ainda
ninguém

FORMULAR UM DISCURSO
AGUARDAR A PALAVRA
ENQUANTO ISSO
RASGAR COM O DENTE
AS PALAVRAS QUE EU SEI
AS PALAVRAS QUE ME ENSINARAM
AS PALAVRAS QUE ME DESTINAM
AS PALAVRAS QUE ME DESTINARAM
ME DESTINANDO

EU PEGO O DESTINO COM A MÃO
EU ENFIO O DESTINO NA BOCA
EU MASTIGO O DESTINO
E CUSPO O DESTINO
AQUI NESSE
CHÃO
EM QUE EU NASCI
E MORRI

(o homem desconhecido
depois
te apareceu morrendo em pesadelo
e você desejou que fossem
suas mãos a
matá-lo)

de quem é
de quem é essa história
de quem é essa essa essa
história

quando quando quando

às vezes não bastam as mãos
para dizer se é um homem
ou uma mulher ou ainda
não homem e não mulher
às vezes as palavras homem
mulher vêm sem mãos
às vezes
as mãos precisam dizer
o que são
às vezes não

e agora eu pergunto
por quê?
agora
pergunto
por quê?
por quê?
pergunto
agora
porque

quando te pedem para imaginar as mãos de um homem
desconhecido
é preciso devolver a ele toda a
responsabilidade das mãos porque você nunca pediu
que as mãos encostassem em você
atravessassem você
marcassem você
exterminassem você

para poder
não ser morto
é antes preciso
não estar morto

    para poder se matar
    é antes preciso
    que nunca tenham
    te matado

para poder se matar
é antes preciso
não estar morto
nem ter morrido

    para poder estar morto
    é antes preciso
    não ter se matado
    nem ter morrido

para morrer é
preciso ainda
não ter morrido
nem ter sido morto
antes

combinar sua imagem a imagem
de um homem desconhecido
é duvidar das próprias mãos
é duvidar de si
é duvidar do que fizeram as mãos
as suas e as dele
é culpar as suas mãos e
inocentar as dele
é se violentar uma vez mais

para que existam corpos assassináveis
é preciso que existam corpos engajados no assassinato
e isso significa que
nossas mãos jamais poderiam residir em um mesmo
quadro
porque aqui
ainda e sempre
sou eu quem morro

estão onde as caravelas?
as naus onde estão?
onde puseste as naus?
puseste as caravelas onde?
onde puseste as cruzes?
os espelhos?
os tecidos?
puseste onde?
onde estão
fala-me das naus
fala-me das caravelas
fala-me do mar
quantas lágrimas
quantas lágrimas
salgadas
quantas lágrimas de
saudade
quantas lágrimas
poeta
quantas lágrimas
onde puseste as naus?
onde puseste as mãos

combinar sua imagem a imagem de um homem
desconhecido
é o que eles fazem quando para se referir ao
homem desconhecido se referem antes a você
como se fosse você quem criou o homem desconhecido
como se fosse você quem criou seu próprio fim
talvez a sua imagem seja a de um corpo caído
em uma rua escura
um corpo aberto e ensanguentado
talvez alguém faça uma fotografia das suas mãos
seus dedos enlaçando seus dedos
talvez seja essa a foto da reportagem
que leva só o seu nome no texto
pois o homem desconhecido seguirá
desconhecido

olha a bunda dela
olha o pau dela
olha ela olha ela
olha o buraco dela
olha o buraco dela
olha pra ela
essa marica toda
torta índia bruta
olha ela marica bruta
índia ela
olha ela mestiça
mística

olha os olhos dela
a cor dela a pele dela

eu não vou me virar
eu não quero
me resta a recusa
às costas, as minhas costas
recusa
obra de costas
obra de arte de costas
sem me virar

por que reproduzir imagens inimigas?
por que reproduzir imagens de inimigos?
por que escolher o sangue?

qual baía, guanabara,
qual baía, babitonga
qual barriga uma filha para eu parir

qual mão pega a minha mão quando
é dia
quando um beijo
no centro da cidade
quem baterá em retirada
quem abaterá essas bichas
incendiárias
boca na boca na boca maldita

quando um homem desconhecido já te rasgou a pele
e você imagina as mãos de um homem desconhecido
é preciso saber que o mundo
te deve ainda
outras imagens e
outras mãos
é preciso cobrar do mundo
outras imagens e outras mãos

reservar espaço para a sombra
criar aos cacos uma
geografia quase inacessível
se reservar o direito
ao recolhimento
produzir cavidade
no interior da
palavra para
que nela também
resida
o que não se diz
em frente ao inimigo
entregar o discurso
inacabado
ocupar o fundo
de um espaço onde
a ordem que rege
não anseia testar os
limites do exotismo
de uma bicha-que-fala
de uma bicha-que-pensa
apesar de tudo
fabricar o corpo
onde não te alcancem
os olhos da máquina
de morte
ter tempo para se formular
quando não se está
destinado a ser
una cosa muy rara e só
se permitir uma narrativa
destroçada destinada a
ser falha e ruína
avolumando
falha e ruína
habitar o mistério
quando a ti ele é
negado
— especialmente aí
ser o mistério

TU
TU ME DEVES
TU ME DEVES UMA HISTÓRIA
TU ME DEVES UMA HISTÓRIA, AMÉRICA

Equipe AMÉRICA

realização
Selvática Ações Artísticas

dramaturgia e performance
Francisco Mallmann

criação em luz
Semy Monastier

dramaturgia sonora
Luciano Faccini

AMÉRICA estreou no dia 28 de março de 2019 na *selva — mostra de artes degeneradas* da Casa Selvática no TUC — Teatro Universitário De Curitiba, durante o *Festival De Teatro De Curitiba.*

Agradecimentos: Semy Monastier, Luciano Faccini, Artistas da Casa Selvática, Artistas da Grupa Membrana, Olga Nenevê, Vinicius Medeiros, Núcleo de Dramaturgia do Sesi-PR, Ligia Oliveira, Greice Barros e Marcia Moraes.

Créditos das imagens

pp. 8-9 e 53: Francisco Mallmann

pp. 37: Douglas Azevedo

pp. 38: Luana Navarro

pp. 39: Luciano Faccini

pp. 40: Lucan Vieira

pp. 54-55: Matheus Veloso

pp. 57-60: Thalita Sejanes

■ primeira edição
■ maio de 2020